ODES

SUR LE MARIAGE DE S. M. I. ET R.

AVEC

S. A. I. MARIE-LOUISE D'AUTRICHE,

ET

SUR LA NAISSANCE DU ROI DE ROME.

PAR HIPPOLYTE DE BARDIN,

GARDE D'HONNEUR DE SA MAJESTÉ, EX-OFF.-ADJ. DU GÉNIE, MEMBRE DE LA
SOCIÉTÉ DES SCIENCES ET ARTS DE POITIERS, AUTEUR DE DIVERS FRAGMENTS
ÉPIQUES, DE PLUSIEURS ODES SUR LES CAMPAGNES D'ITALIE, D'ÉGYPTE,
D'ALLEMAGNE ET DE PRUSSE, *présentés* À SA MAJESTÉ, ET D'UN POEME
INÉDIT SUR L'AMOUR DE LA PATRIE, ETC, ETC.

A PARIS,

DE L'IMPRIMERIE DE L.-G. MICHAUD,

RUE DES BONS-ENFANTS, N°. 34.

M. DCCC. XI.

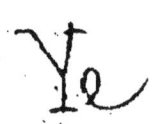

C.

ODE

Sur le Mariage de S. M. I. et R. *avec*
S. A . I. MARIE-LOUISE d'Autriche.

———

TEL que des monuments, des palais magnifiques,
Un habile architecte orne les fiers portiques
     De marbres précieux ;
Tel, d'un savant prélude en essayant ma lyre,
Je dois faire éclater pour celui qui m'inspire,
     Mes chants harmonieux.

J'allais parler encor des nations soumises,
Des remparts abattus, des couronnes conquises
     Par nos exploits divers ;
Mais de sa lyre d'or réprimant mon ivresse,
Pour un sujet plus doux le maître du Permesse
     Réserve mes concerts.

I..

Fuyons ces longs combats où s'enivre Bellonne ;

Amour, inspire-moi, mon esprit s'abandonne

    A des transports nouveaux ;

A la voix de Vénus, lançant un trait rapide,

Fonds aux champs austriens, et d'un second Alcide

    Arrête les travaux.

Je disais : et le dieu tout brillant de lumière ,

De l'océan des airs traverse la carrière

    Sur son char enflammé ;

Il frappe le vainqueur, et ce nouvel Hercule

Déjà combat le feu qui pénètre et circule

    Dans son cœur alarmé.

Ainsi les fiers Croisés, aux champs de la Syrie

S'agitaient éperdus sous la flamme en furie

    Qui volait sur leurs corps ;

Du bitume inconnu dont l'ardeur les tourmente

Ils voudraient s'affranchir ; mais leur rage impuissante

    Se perd en vains efforts.

« Quel Dieu, dit le Héros, redoutable à moi même,

» Retient sous un pouvoir que je crains et que j'aime,

» Mon bras désoccupé? »

Il disait : à ces mots une jeune Déesse

Fait briller à ses yeux la flèche enchanteresse

Dont l'Amour l'a frappé.

Telle était de Vénus l'éblouissante image,

Lorsqu'aux Troyens surpris sous les murs de Carthage,

Elle apparut un jour;

Le Héros toutefois s'arrachait à ses charmes,

Et bravait, inquiet, les transports, les alarmes

Et les feux de l'Amour.

La foudre armait son bras; mais bientôt la Patrie

Se jette à ses genoux ; sa douce voix lui crie :

« Suspends ta noble ardeur;

» Du trône glorieux où t'assit ton courage,

» Qu'un héros de ton sang soutienne l'héritage

» Et l'auguste splendeur.

» Où court parmi les feux la déesse égarée ?

» La pourpre la décore ; une flamme sacrée

» Anime ses regards ;

» Elle cède éperdue à l'amour qui l'entraîne ;

» Entre son père et toi sa belle ame incertaine

» Redoute les hasards.

» Son front majestueux attend le diadême ;

» L'olivier dans ses mains est l'éternel emblême

» De ses vœux les plus chers ;

» Des maîtres des Germains cette vierge est la fille ;

» Ses flancs purs et féconds, des rois de ta famille

» Couvriront l'univers.

» Ne résiste donc plus à la voix qui t'appelle ;

» Les dieux sont satisfaits ; éteins une querelle

» Si fatale aux humains ;

» Et désormais unis sous des aigles pareilles,

» Que deux peuples rivaux soutiennent les merveilles

» Qu'élevèrent tes mains.

» Quel pays sous les cieux ignore ta puissance ?

» Le Nil et le Bélus ont connu ta vaillance ;

» Le Rhin est sous tes lois ;

» Le Tage s'humilie, et le superbe Tibre,

» Qui fut sous les Brutus si jaloux d'être libre,

» Obéit à ta voix.

» D'un coup-d'œil imposant tu calmas nos tempêtes ;

» De nos temples détruits tu relevas les faîtes

» Sur leurs vieux fondements ;

» Et, n'ayant d'autre appui que ton vaste génie,

» Tu sus lier le Nord et l'antique Ausonie

» Par les mêmes serments.

» Tes faits ont surpassé ce que l'esprit peut croire ;

» L'univers est brillant des rayons de ta gloire ;

» Ton sceptre est affermi.

» Je vois fleurir encor mon antique puissance,

» Et le destin jaloux détourne de la France

» Son regard ennemi.

» Dans le temple de Mars va déposer ta foudre ;

» Assez tes fiers rivaux, confondus dans la poudre,

»   Ont tremblé devant toi :

» Les peuples sont soumis ; mais laisse sur la terre

» Une assez forte main pour tenir ce tonnerre

»   Qui les glaça d'effroi.

» Voudrais-tu que ton sang imitât dans sa course

» Ces rapides torrents dont la bruyante source

»   S'abîme en un moment ;

» Et, que ton nom fameux, isolé dans les âges,

» Fût ainsi qu'un fanal perdu sur nos rivages

»   Ou dans le firmament ? »

La Patrie avait dit : mais, ô soudaine ivresse !

L'Olympe a résonné de nos cris d'allégresse

    Et des chants des amours ;

Ils se sont éclipsés les jours de la colère :

Jours sacrés de la paix, sous un hymen prospère

    Commencez votre cours.

Déjà l'on n'entend plus nos généreux Tyrtées
Faire tonner leurs luths sous ces mains irritées,

L'effroi de l'univers;
Unissant aux lauriers et la rose et l'olive,
L'Amour leur applaudit, et sa grâce naïve

Respire dans leurs airs.

Couronnons nos autels des palmes de la gloire!
La Fille des Césars au Fils de la Victoire

Unit ses beaux destins;
O peuples trop heureux! préparez vos offrandes;
Pour son front virginal, des plus fraîches guirlandes

Dépouillez vos jardins.

Pour la mieux recevoir, la nuit n'a plus de voiles,
Nos palais embrasés effacent les étoiles

Dans les cieux étonnés.
Quel immense concours suit notre souveraine!
Son œil pourrait compter de l'Ister à la Seine

Vingt peuples prosternés.

Sur les ailes des vents parcourant ton empire,

Amour, du haut des cieux réjouis d'un sourire

      L'univers attristé ;

Hâte les fruits, Hymen, de tes chastes mystères ;

O Muses ! dans vos chants et vos danses légères

      Célébrez la Beauté.

Et vous, maîtres des rois, de la foudre et des mondes,

Vous qui calmez les airs, qui soulevez les ondes,

      Veillez sur les Français !

Et, quels que soient les vœux qu'ait formés ma patrie,

Versez à pleines mains sur la vaillante Austrie

      Les trésors de la paix !

Nous les voyons enfin, ces jours pleins d'espérance,

Où la douce union succède à la vengeance,

      Et la vie au trépas ;

Je n'entends plus les cris de la Haine farouche,

Et j'ai chanté l'Hymen, de cette même bouche

      Qui chanta les combats.

ODE

SUR LA NAISSANCE

DU ROI DE ROME.

———

Aurais-je assez-vécu (*) ; mes rapides années

Ont-elles enchaîné les belles destinées

      Qu'attendait mon orgueil ;

Et la main de la Mort qui pèse sur ma tête,

Va-t-elle pour jamais engloutir sa conquête

      Dans l'ombre du cercueil?

Ne laissant après moi qu'un souvenir sans gloire,

Sans atteindre le seuil du temple de Mémoire

      J'aurais fini mes jours ! . . .

O Mort, éloigne toi! que ma faible paupière,

D'un astre bienfai*sant* contemple la lumière ;

      Et je fuis pour toujours.

———————

* L'auteur était à peine convalescent de deux maladies longues
et dangereuses, à l'époque de la naissance du roi de Rome.

Près de ce lit fatal où veille mon délire,

Quelle invisible main fait résonner ma lyre

      Des plus touchants accords ?

La terre, autour de moi tressaille d'espérance ;

O Muse, de mes doigts glacés par la souffrance

      Ranime les ressorts !

De ce luth ignoré qui charmait ma jeunesse,

Attendrais-tu des sons pleins d'amour et d'ivresse,

      Ou de mâles concerts ?

Mon esprit désormais sans force et sans audace,

Osera-t-il encore aborder le Parnasse

      Et planer dans les airs ?

Tu le veux, j'obéis, et ma fougue insensée,

Par un superbe essor élève ma pensée

      Jusqu'au trône des dieux ;

J'ai vu monter les vœux des vainqueurs de la terre,

Et le maître du monde assis sur le tonnerre

      A souri dans les cieux.

Les temples sont émus sous leurs voûtes profondes;
Le peuple, ainsi qu'un fleuve, épanche de ses ondes
    Les torrents débordés ;
Des palais de nos rois les immenses portiques,
Les parvis affaissés de nos temples antiques
    En sont tous inondés.

Mais pour qui, de l'encens s'élèvent les nuages?
Pour qui ces vœux, ces chants, ces éternels hommages
    Des reines des cités ?
Même encens, mêmes cris du Louvre au Capitole !
D'un seul mot, dieu puissant, que ta bouche console
    Tant de cœurs agités.

Élève parmi nous une race divine;
Vois la France attendrie interroger Lucine,
    Et du cœur et des yeux.
Tombez, vaines terreurs ! Que tout naisse et respire :
L'Épouse d'un Héros va donner à l'empire
    Un soutien glorieux.

Mais quels accents plaintifs réveillent nos alarmes?
Une reine souffrante, un guerrier tout en larmes
    Confondent leurs douleurs.
Les cieux se sont émus aux chants de la prière;
Rome, bannis la crainte: une auguste lumière
    A lui sur tes malheurs.

Lève ton front chargé de deuil et de tempêtes;
Ton Roi respire enfin: fais éclater tes fêtes.
    Pour de nouveaux Césars;
De la course des temps dévore au loin l'espace:
Que de sceptres levés!!! quelle innombrable race
    Règne sur tes remparts!

Du Nord jusqu'au Midi, du Couchant à l'Aurore,
L'agile Renommée a d'une voix sonore
    Proclamé notre espoir;
Nos destins sont fixés, et Rome impatiente
Relève dans les cieux sa tête rayonnante
    De son ancien pouvoir.

O peuples ! devancez l'aurore matinale ;
Vous, ministres sacrés, préparez l'eau lustrale
    En ce jour de bienfaits ;
De vos rois contemplez la tige encor naissante ;
Sa mère avec transport à vos yeux la présente
    Comme un gage de paix.

Salut, ange des cieux ! doux honneur de Lutèce !
Vois de nos cœurs aimants la foule qui se presse
    Autour de ton berceau ;
Noble fils du Printemps, souris à nos présages ;
Les nautoniers déjà vont braver les orages
    Sous ton heureux flambeau.

Loin de moi, du passé les images funestes !
Mon œil a pénétré dans les décrets célestes ;
    J'ai connu l'avenir :
Je vois sous tes vaisseaux blanchir les champs de l'onde ;
J'ai vu de tes bienfaits s'étendre sur le monde
    L'éternel souvenir.

Allez, coulez mes ans, pleins d'orgueil et de joie;

La mort même attendrie abandonne sa proie.

A des destins nouveaux.

Repose-toi mon luth ; plus douce et plus hardie,

D'un prince ami des arts, bientôt ta mélodie

Charmera les travaux.